Grimms Märchen

nacherzählt von Gisela Fischer
illustriert von Natalia Schmidt

PESTALOZZI-VERLAG, ERLANGEN

Der gestiefelte Kater

Ein Müller hatte drei Söhne, seine Mühle, einen Esel und einen Kater. Die Söhne mußten mahlen, der Esel Getreide holen und Mehl forttragen und die Katze die Mäuse fangen. Als der Müller starb, teilten sich die Söhne die Erbschaft. Der älteste bekam die Mühle, der zweite den Esel, der dritte den Kater. Mehr blieb für ihn nicht übrig. Da war er traurig und sprach zu sich selbst: „Ich habe es doch am schlechtesten getroffen. Was soll ich mit dem Kater anfangen? Ich kann mir höchstens ein Paar Pelzhandschuhe aus seinem Fell machen lassen."

„Du brauchst mich nicht zu töten", sagte da der Kater, der alles verstanden hatte. „Laß mir nur ein Paar Stiefel machen, damit ich mich unter den Leuten sehen lassen kann! Dann soll dir bald geholfen sein."

Der Müllerssohn wunderte sich, daß der Kater sprechen konnte. Und weil er von Natur aus gutmütig war, ließ er den Schuster kommen. Dieser maß dem Kater ein Paar Stiefel an.
Als sie fertig waren, zog sie der Kater an. Danach nahm er einen Sack und versah ihn oben mit einer Schnur, so daß er ihn zuziehen konnte. Dann gab er einige Handvoll Körner hinein, warf ihn über den Rücken und lief auf zwei Beinen davon — wie ein Mensch.
Damals regierte in dem Land ein König, der Rebhühner für sein Leben gern aß. Der ganze Wald war voll von Rebhühnern. Doch sie waren so scheu, daß kein Jäger sie schießen konnte.
Das wußte der Kater und hatte sich darum eine List ausgedacht. Als er in den Wald kam, öffnete er den Sack, legte ihn auf den Boden und breitete ein paar Körner aus. Dann führte er die Schnur durchs Gras bis zu einer Hecke.
Dort versteckte er sich und wartete.
Es dauerte nicht lange, da kamen die Rebhühner gelaufen. Sie fanden die Körner, begannen eifrig zu picken und hüpften dabei in den Sack hinein.
Sobald genügend darin waren, zog der Kater die Schnur zu, schulterte den Sack und ging damit geradewegs zum Schloß des Königs.
Ein Wächter rief: „Halt! Wohin?"
„Zum König", antwortete der Kater kurzweg.
„Bist du toll, ein Kater zum König!" rief der Wächter empört.
„Laß ihn nur gehen", meinte ein anderer. „Der König hat doch oft Langeweile. Vielleicht macht es ihm Vergnügen, den Kater zu sehen."
Also wurde der Kater eingelassen.
Als er zum König kam, verbeugte er sich tief und sprach: „Mein Herr, der Graf, läßt sich dem Herrn König empfehlen und schickt ihm diese Rebhühner. Er hat sie gerade erst in Schlingen gefangen."

Der König staunte über die schönen fetten Rebhühner und war vor Freude ganz außer sich. Er befahl, dem Kater so viel Gold aus der Schatzkammer in den Sack zu füllen, wie er tragen konnte. „Das bring deinem Herrn und dank ihm vielmals für sein Geschenk."
Der arme Müllerssohn aber saß zu Hause am Fenster, hatte den Kopf in die Hände gestützt und dachte betrübt: „Jetzt hab ich auch noch mein letztes Geld für die Stiefel des Katers ausgegeben. Was wird der mir wohl Großes bringen können?"
Da trat der Kater ein, warf den Sack vom Rücken, schnürte ihn auf und zeigte dem Müllerssohn das Gold. „Da hast du etwas für die Stiefel", sagte er. „Der König läßt dich auch grüßen und dankt dir vielmals für die Rebhühner."
Der Müllerssohn freute sich natürlich über den Reichtum. Während der Kater seine Stiefel auszog, erzählte er ausführlich, wie er zu dem ganzen Gold gekommen war. Dann sagte er noch: „Du hast jetzt zwar viel Gold, aber morgen zieh ich meine Stiefel wieder an, denn du sollst noch reicher werden."

„Ach ja", fügte er noch hinzu, „dem König habe ich übrigens gesagt, daß du ein Graf bist."
Von nun an ging der Kater, wohlgestiefelt, jeden Tag auf die Jagd und fing dem König Rebhühner. Und immer brachte er dem Müllerssohn Gold heim. Mit der Zeit war er beim König so beliebt, daß er im Schloß ein- und ausgehen konnte, wie er wollte. Ja, er durfte sogar im Palast herumstreifen, wie es ihm gefiel.
Als er sich einmal in der Küche aufwärmte, trat der Kutscher ein und fluchte: „Jetzt wollte ich mich gerade ein bißchen aufs Ohr legen, da soll ich den König und die Prinzessin am See entlang spazierenfahren."
Als der Kater das hörte, eilte er nach Hause und sagte zu seinem Herrn: „Wenn du ein Graf und reich werden willst, dann komm schnell mit mir zum See und bade darin."
Der Müllerssohn wußte nicht, was er dazu sagen sollte. Also tat er, was der Kater vorgeschlagen hatte.

Er ging mit ihm zum See, zog sich splitternackt aus und sprang ins Wasser. Der Kater aber nahm die Kleider des Müllerssohns, trug sie fort und versteckte sie. Kaum war er damit fertig, da kam die Kutsche mit dem König und der Prinzessin dahergefahren.
Der Kater stellte sich mitten auf den Weg und fing sogleich an zu jammern: „Ach, allergnädigster König! Hört nur, was geschehen ist! Mein Herr ist in den See gesprungen, um zu baden. Da ist ein Dieb gekommen und hat seine Kleider gestohlen, die am Ufer lagen. Nun ist der Herr Graf im Wasser und kann nicht heraus. Wenn er noch länger darin bleibt, wird er sich bestimmt erkälten. Und wer weiß, vielleicht muß er sogar sterben!"
Der König ließ sofort anhalten. Und einem seiner Leute befahl er, zum Schloß zu laufen und von den königlichen Kleidern zu holen. Die zog der Müllerssohn an.
Sie standen ihm ausgezeichnet. Weil er jung und schön war, gefiel er dem König und auch der Prinzessin. So mußte er sich nun zu den beiden in die Kutsche setzen.

Der Kater war inzwischen vorausgelaufen. Er kam zu einer großen Wiese, wo über hundert Leute Heu machten. „Wem gehört die Wiese, ihr Leute?" fragte der Kater. „Dem großen Zauberer."
„Hört, gleich wird der König vorbeikommen. Wenn er fragt, wem die Wiese gehört, so antwortet: dem Grafen. Tut ihr das nicht, dann wird es euch schlecht ergehen."
Darauf ging der Kater weiter und kam bald zu einem riesigen Kornfeld, das gerade abgeerntet wurde. „Wem gehört das Feld, ihr Leute?" fragte der Kater. „Dem Zauberer", antworteten sie.
„Hört", sagte der Kater wieder, „gleich wird hier der König vorbeifahren. Wenn er fragt, wem das viele Korn gehört, so antwortet: dem Grafen. Tut ihr das nicht, dann wird es euch schlecht ergehen."
Endlich kam der Kater zu einem prächtigen Wald, wo Waldarbeiter gerade Holz machten. Als der Kater nach dem Besitzer fragte, bekam er zum dritten Mal die Antwort: „Dem Zauberer." Da befahl er auch ihnen: „Wenn der König fragt, wem der Wald gehört, so sagt: dem Grafen. Tut ihr das nicht, dann wird es euch schlecht ergehen."
Darauf ging der Kater weiter. Die Leute sahen ihm nach. Und weil er so merkwürdig aussah und wie ein Mensch auf zwei Beinen ging, fürchteten sie sich vor ihm.
Er kam bald zum Schloß des Zauberers. Keck trat er ein, verbeugte sich vor dem Zauberer und sprach: „Ich habe gehört, daß du dich in jedes Tier verwandeln kannst. Aber sag, kannst du dich wohl auch in einen Elefanten verzaubern?" — „Nichts leichter als das", antwortete der Zauberer, und im selben Augenblick stand er als Elefant da.
„Nicht schlecht", meinte der Kater. „Doch kannst du dich auch in einen Löwen verwandeln?" — „Selbstverständlich!" sagte der Zauberer. Und schon stand er als Löwe vor dem Kater.
Dieser tat, als sei er fürchterlich erschrocken.

„Unglaublich!" rief er. „Du bist bestimmt der größte Zauberer der Welt. Aber ich kann mir nicht vorstellen, daß du dich in ein so kleines Tier wie eine Maus verwandeln kannst." Der Zauberer fühlte sich durch die Worte des Katers geschmeichelt und sagte. „O doch, liebes Kätzchen." Und schon sprang er als Maus im Zimmer herum. Wupp! packte der Kater die Maus und fraß sie auf.

Der König, die Prinzessin und der Graf waren inzwischen mit der Kutsche bei der Wiese angekommen. „Wem gehört das Heu?" fragte der König. „Dem Herrn Grafen!" riefen alle, wie der Kater befohlen hatte. Und beim Kornfeld und beim Wald antworteten die Leute das gleiche. „Ei, ei, Herr Graf", sagte der König, „Ihr habt große Ländereien. Ihr müßt ein reicher Mann sein." Endlich kamen sie zum Schloß. Da stand der Kater oben auf der Treppe und erwartete sie.

„Herr König, willkommen im Schloß meines Herrn", rief er. „Der Herr Graf ist glücklich über diese Ehre."
Der König wunderte sich über das prächtige Schloß, das beinahe größer und schöner war als sein eigenes.
Der Graf aber führte die Prinzessin die Treppe hinauf in einen Saal, der vor Gold und Edelsteinen glitzerte und schimmerte. Da wurde die Prinzessin dem Grafen versprochen. Und als der König starb, wurde der Müllerssohn König.
Den gestiefelten Kater aber ernannte er aus Dankbarkeit zu seinem ersten Minister.

Rotkäppchen

Es war einmal ein kleines Mädchen. Jeder, der es nur ansah, hatte es lieb. Am allerliebsten aber hatte es seine Großmutter. Einmal schenkte sie dem Kind ein rotes Käppchen aus Samt. Das stand ihm so gut, daß es nichts anderes mehr tragen wollte. Darum nannten es alle nur Rotkäppchen.

Eines Tages sagte die Mutter: „Komm, Rotkäppchen, da hast du ein Stück Kuchen und eine Flasche Wein. Bring das der Großmutter hinaus. Sie ist krank und schwach und soll sich daran stärken. Sei schön brav und geh nicht vom Weg ab, sonst fällst du, und die Flasche zerbricht. Dann hat die kranke Großmutter nichts."

Rotkäppchen versprach: „Ich will schon alles richtig machen", und ging winkend davon.

NS

Die Großmutter aber wohnte draußen im Wald, eine halbe Stunde vom Dorf entfernt.

Als nun Rotkäppchen eine Zeitlang im Wald gegangen war, begegnete ihm der Wolf.

„Guten Tag, Rotkäppchen", sagte er freundlich. „Wohin so früh? Und was hast du in deinem Korb?"

Rotkäppchen fürchtete sich nicht vor dem Wolf. Es wußte ja nicht, was das für ein böses Tier war.

So antwortete es unbekümmert: „Ich gehe zur Großmutter und bringe ihr von der Mutter Kuchen und Wein. Das soll sie stärken, denn sie ist krank und schwach."

NS

„Rotkäppchen, wo wohnt denn deine Großmutter?"
„Von hier ist es noch eine gute Viertelstunde", antwortete Rotkäppchen arglos. „Ihr Haus steht mitten im Wald, unter den drei großen Eichen."
„So, so", meinte der Wolf freundlich. Bei sich aber dachte er: „Das junge Ding wäre ein fetter Bissen. Der wird mir noch besser schmecken als die Alte. Wie fange ich es nur an, daß ich sie beide erwische?"
Eine Weile trottete der Wolf still neben dem kleinen Mädchen einher.
„Hör, Rotkäppchen", sagte er auf einmal, „hast du die schönen Blumen nicht gesehen, die hier im Walde stehen? Warum guckst du dich nicht einmal um? Ich glaube, du hörst überhaupt nicht, wie lieblich die Vögel singen! Du gehst ja für dich hin, als ob du auf dem Weg zur Schule wärst. Und dabei ist es doch so lustig hier draußen im Wald!"
Da guckte sich Rotkäppchen einmal richtig um.
O ja, der Wolf hatte recht! Rotkäppchen sah, wie die Sonnenstrahlen durch die Bäume gebrochen wurden und wie viele schöne Blumen hier standen.
Da dachte es: „Die Großmutter wird sich bestimmt freuen, wenn ich ihr einen Strauß mitbringe. Es ist ja noch früh am Tag, und ich werde schon noch rechtzeitig zu ihr kommen."
Also ging Rotkäppchen vom Weg ab in den Wald hinein und suchte Blumen.
Und immer wenn es eine gepflückt hatte, entdeckte es etwas weiter weg eine noch schönere. Es lief hin zu ihr und geriet so immer tiefer in den Wald hinein.
Währenddessen lief der Wolf geradewegs zum Haus der Großmutter und klopfte an die Tür.

„Wer ist draußen?" rief die Großmutter.
„Rotkäppchen. Ich bringe dir Kuchen und Wein. Mach mir auf!" antwortete der Wolf mit verstellter Stimme.
„Drück nur auf die Klinke!" rief die Großmutter. „Ich bin zu schwach, ich kann nicht aufstehen."
Da drückte der Wolf die Klinke hinunter, und die Tür sprang auf. Der Bösewicht stürzte zum Bett der Großmutter und verschluckte sie. Dann nahm er ihre Kleider und zog sie an. Ganz zum Schluß setzte er sich ihre Nachthaube auf, zog die Vorhänge vor und legte sich ins Bett.
Rotkäppchen war unterdessen von einer schönen Blume zur anderen gelaufen.

Erst als es so viele hatte, daß es keine mehr fassen konnte, fiel ihm die Großmutter wieder ein.

Da eilte es auf dem schnellsten Wege zu ihr.

Als es am Haus ankam, stand die Tür offen. Rotkäppchen wunderte sich sehr darüber.

Und als es in die Stube trat, überkam es ein seltsames Gefühl. Es dachte: „Ei, wie ängstlich ist's mir heut zumute. Ich bin doch sonst immer so gern bei der Großmutter."

Dann zog es die Vorhänge zurück und trat ans Bett. Da lag die Großmutter und sah so wunderlich aus.

Rotkäppchen erschrak und rief: „Ei Großmutter, was hast du für große Ohren!"
„Daß ich dich besser hören kann!"
„Ei Großmutter, was hast du für große Augen!"
„Daß ich dich besser sehen kann!"
„Ei Großmutter, was hast du für große Hände!"
„Daß ich dich besser packen kann!"
„Aber Großmutter, was hast du für ein entsetzlich großes Maul!"
„Daß ich dich besser fressen kann!"
Kaum hatte der Wolf das gesagt, sprang er mit einem großen Satz aus dem Bett und verschlang das arme Rotkäppchen.
Als er seine Gier gestillt hatte, legte er sich wieder ins Bett und schlief zufrieden ein.
Und es dauerte gar nicht lange, da schnarchte er, daß die Wände wackelten.
Der Jäger ging eben am Haus der Großmutter vorbei und dachte: „Du liebe Zeit! Wie laut die alte Frau schnarcht! Ich muß doch einmal nachsehen, ob ihr etwas fehlt." Und damit ging er in die Stube.
Als er an das Bett trat, lag der Wolf darin, hinter dem er schon lange her war. „Hier finde ich dich also, du Bösewicht!" sagte der Jäger grimmig. „Du hast gewiß die arme Großmutter gefressen. Na warte, das sollst du mir büßen!"
Schon wollte er die Büchse anlegen, da hielt er inne.
„Lieber nicht!" überlegte er halblaut. „Wer weiß, vielleicht ist die alte Frau ja noch zu retten. Darum schieße ich besser nicht."
Kurz entschlossen nahm er Großmutters Schneiderschere, die auf dem Tisch lag, und schnitt dem schlafenden Bösewicht behutsam den Bauch auf.
Kaum hatte er ein paar Schnitte getan, sah er das rote Käppchen leuchten.

Als er noch einige Schnitte getan hatte, sprang das Mädchen auch schon heraus und rief:
„Ach, wie war ich erschrocken. Wie war es so dunkel im Bauch des Wolfes!"
Und dann kam die alte Großmutter ebenfalls lebendig heraus.
Da hüpfte Rotkäppchen vor lauter Freude im Zimmer herum, bis der Jäger sagte:
„Lauf und hol ein paar große, schwere Steine!"
Rotkäppchen schleppte einen nach dem anderen herbei, und sie füllten damit den Leib des Wolfes. Anschließend nähten sie seinen Bauch wieder zu.

NS

Als der Bösewicht aufwachte und den Jäger erblickte, wollte er schnell fortspringen. Doch die Steine waren so schwer, daß er auf der Stelle tot umfiel.
Da waren alle drei sehr vergnügt.
Der Jäger zog dem Wolf den Pelz ab, um ihn später zu verkaufen. Die Großmutter aß von dem Kuchen und trank den Wein, den Rotkäppchen mitgebracht hatte. Und dabei erholte sie sich zusehends. Rotkäppchen aber dachte bei sich: „Ich will mein Lebtag nicht wieder allein vom Weg ab in den Wald laufen, wenn es mir die Mutter verboten hat!"

Schneewittchen

Es war einmal mitten im Winter, und die Schneeflocken fielen wie Federn vom Himmel herab. Da saß eine schöne Königin an einem Fenster, das einen Rahmen aus schwarzem Ebenholz hatte, und nähte. Und wie sie so nähte und nach dem Schnee aufblickte, stach sie sich mit der Nadel in den Finger. Darauf fielen drei Tropfen Blut in den Schnee. Und weil das Rote in dem Weißen so schön aussah, dachte sie: „Ach, hätte ich doch ein Kind so weiß wie Schnee, so rot wie Blut und so schwarz wie dieser Fensterrahmen."
Bald darauf bekam sie ein Töchterlein. Seine Haut war weiß wie Schnee, seine Lippen rot wie Blut und seine Haare schwarz wie Ebenholz. Darum wurde das Mädchen Schneewittchen genannt.

Die Königin aber starb bei der Geburt des Mädchens. Und nach einem Jahr nahm sich der König eine andere Gemahlin. Die war sehr schön, aber stolz und hochmütig.
Sie konnte es nicht ertragen, daß jemand schöner sein sollte als sie.
Sie besaß auch einen Zauberspiegel. Vor den trat sie jeden Morgen und fragte:
„Spieglein, Spieglein an der Wand, wer ist die Schönste im ganzen Land?"
Und immer antwortete der Spiegel:
„Ihr, Frau Königin, seid die Schönste im Land."

NS

Schneewittchen wuchs heran und wurde so schön, daß es sogar die Königin an Schönheit übertraf.
Und eines Tages antwortete der Spiegel: „Frau Königin, Ihr seid die Schönste hier, aber Schneewittchen ist tausendmal schöner als Ihr!"
Von diesem Tag an haßte die Königin das Mädchen, und der Neid ließ ihr keine Ruhe mehr. Schließlich rief sie einen Jäger zu sich und befahl ihm: „Führ Schneewittchen hinaus in den Wald und töte es."
Der Jäger aber hatte Mitleid mit Schneewittchen und ließ es laufen.
Den ganzen Tag irrte es umher. Endlich, als die Sonne schon untergehen wollte, kam es zu einem kleinen Haus. Es gehörte den sieben Zwergen. Doch sie waren nicht daheim, sondern arbeiteten im Bergwerk.

Schneewittchen trat ein. Wie niedlich und klein alles in dem Häuschen war!
Da stand ein Tischlein mit sieben Tellern, daneben lagen sieben Löffelchen, sieben Messerlein, sieben Becherlein, und an der Wand standen sieben Bettchen nebeneinander.
Schneewittchen war hungrig und durstig. Und so aß es von jedem Tellerchen ein wenig und trank von jedem Becherlein einen Schluck, denn es wollte nicht einem alles wegnehmen.
Weil es so müde war, probierte es die Bettchen aus, bis eines paßte. In dieses legte es sich und schlief bald ein.
Als es ganz dunkel geworden war, kamen die sieben Zwerge von ihrer Arbeit nach Hause.
Sie merkten gleich, daß jemand im Haus gewesen war.
Einer rief: „Wer hat auf meinem Stühlchen gesessen?"
Der zweite: „Wer hat von meinem Tellerchen gegessen?"
Der dritte: „Wer hat von meinem Brötchen genommen?"
Der vierte: „Wer hat von meinem Gemüse gegessen?"
Der fünfte: „Wer hat mit meinem Gäbelchen gestochen?"
Der sechste: „Wer hat mit meinem Messerchen geschnitten?"
Der siebente: „Wer hat aus meinem Becherlein getrunken?"
Da sah der erste sich um und fragte: „Wer hat in mein Bettchen getreten?"
Der zweite: „Ei, in meinem hat jemand gelegen!"
Und so alle weiter bis zum siebenten. Dieser fand in seinem Bettchen das schlafende Schneewittchen. Sofort kamen alle Zwerge herbei und betrachteten es.
„Du liebe Zeit, ist das Mädchen schön!"
Und sie ließen es weiterschlafen.
Der siebente Zwerg aber schlief bei seinen Gesellen, bei jedem eine Stunde, dann war die Nacht um.

Am nächsten Morgen mußte Schneewittchen den Zwergen seine ganze Geschichte erzählen. Da hatten die Zwerge Mitleid mit ihm und sagten: „Wenn du uns den Haushalt führen willst, kannst du gern hierbleiben. Doch tagsüber arbeiten wir im Bergwerk, und du bist allein zu Haus. Hüte dich vor der Königin, laß niemanden herein!"
Bald darauf befragte die Königin wieder ihren Spiegel, und der antwortete: „Frau Königin, Ihr seid die Schönste hier, aber Schneewittchen über den sieben Bergen bei den Zwergen ist noch tausendmal schöner als Ihr."
Als die Königin das hörte, erschrak sie und wußte, daß der Jäger sie betrogen hatte. Tag und Nacht dachte sie nun darüber nach, wie sie das Mädchen beseitigen könnte, um wieder die Schönste zu sein. Endlich verkleidete sich die Königin als Krämerin und ging zum Zwergenhaus.

„Schöne Ware!" rief sie. Schneewittchen guckte aus dem Fenster: „Was habt Ihr denn?" — „Schnürriemen fürs Mieder", sagte die Alte und holte einen besonders schönen hervor. Er gefiel dem Mädchen so gut, daß es ihn kaufte. Da schnürte die Alte Schneewittchen das Mieder, bis es nicht mehr atmen konnte und wie tot umfiel.
Als die Zwerge heimkamen, erschraken sie. Doch schnell fanden sie den fremden Schnürriemen, schnitten ihn entzwei, und das Mädchen kam wieder zu sich.
„Das war bestimmt die Königin!" sprachen die Zwerge. „Sie hat dir das Leben nehmen wollen. Hüte dich vor ihr und laß keinen Menschen mehr ein!"
Als die Königin bald darauf wieder ihren Spiegel befragte, antwortete er: „Frau Königin, Ihr seid die Schönste hier, aber Schneewittchen bei den sieben Zwergen ist tausendmal schöner als Ihr."
Wiederum dachte sie Tag und Nacht nach, und endlich stellte sie einen giftigen Kamm her. Dann begab sie sich in einer ganz anderen Verkleidung zum Zwergenhaus. Sie bot Schneewittchen den Kamm an, und weil er so schön war, kaufte es ihn. „Komm, ich will dich auch kämmen", sagte die Krämerin. Aber kaum hatte sie Schneewittchen den Kamm ins Haar gesteckt, fiel es besinnungslos nieder.
Zum Glück kamen bald darauf die Zwerge nach Hause. Sie fanden den Kamm, zogen ihn aus den Haaren, und Schneewittchen kam wieder zu sich.
Auch diesmal erfuhr die Königin von ihrem Spiegel, daß Schneewittchen noch lebte, und sie zitterte und bebte vor Zorn.
Ein drittes Mal ging sie zum Zwergenhaus. Sie war als Bauersfrau verkleidet und hatte einen vergifteten Apfel dabei. Schneewittchen streckte den Kopf aus dem Fenster und rief: „Ich darf niemanden hereinlassen. Die Zwerge haben mir's streng verboten!" — „So will ich dir wenigstens einen Apfel schenken", sprach die Bäuerin.

„Nein, ich darf auch nichts geschenkt nehmen", sagte Schneewittchen. „Dann will ich den Apfel teilen und eine Hälfte selbst essen. Die schöne rotbackige sollst du haben."
Der Apfel war aber so kunstvoll hergestellt, daß nur die rote Hälfte vergiftet war. Schneewittchen sah die Bäuerin essen und biß herzhaft in seine Hälfte. Kaum aber hatte es den Bissen im Mund, da fiel es tot zur Erde.
An diesem Abend antwortete der Spiegel endlich wieder: „Ihr, Frau Königin, seid die Schönste im ganzen Land!"
Diesmal bemühten sich die Zwerge vergeblich. Schneewittchen war und blieb tot. Da trauerten sie und weinten drei Tage lang.

Dann wollten sie Schneewittchen begraben. Doch es sah noch immer so frisch aus wie ein lebender Mensch und hatte rosige Wangen. Darum ließen sie einen Sarg aus Glas machen und schrieben darauf „Schneewittchen, Königstochter".
Sie legten Schneewittchen hinein und freuten sich, daß man es von allen Seiten sehen konnte. Und jeden Tag blieb einer bei dem Sarg und bewachte ihn.
So lag Schneewittchen einige Zeit. Es sah aus, als ob es schliefe, denn es war noch immer so weiß wie Schnee, so rot wie Blut und so schwarz wie Ebenholz.
Eines Tages kam ein junger Prinz zu dem Zwergenhaus und wollte dort übernachten. Da sah er in dem Glassarg Schneewittchen, auf das die sieben Lichtlein der Zwerge ihren Schein warfen. Und er konnte sich an seiner Schönheit nicht satt sehen. Darum bat er die Zwerge, ihm den Sarg mit dem toten Schneewittchen zu verkaufen.

Doch das wollten sie um alles Gold der Welt nicht.
Da bat er sie: „Schenkt mir den Sarg, denn ich kann nicht mehr leben, ohne Schneewittchen zu sehen."
Die Zwerge hatten Mitleid mit ihm und gaben ihm den Sarg. Als ihn die Diener forttrugen, stolperte einer, und das Apfelstück rutschte aus Schneewittchens Hals.
Bald darauf schlug das Mädchen die Augen auf. „Ach, wo bin ich?" rief es erstaunt.

„Du bist bei mir", sagte der Prinz voller Freude und erzählte Schneewittchen alles, was sich zugetragen hatte. „Ich habe dich lieber als alles auf der Welt", fügte er hinzu. „Komm mit mir auf mein Schloß!"
Schneewittchen war dem Prinzen gut und ging mit ihm.
Bald darauf wurde die Hochzeit gefeiert, und auch die böse Stiefmutter wurde dazu eingeladen.
Als sie in den Festsaal trat, erkannte sie Schneewittchen und erschrak so sehr, daß sie tot umfiel.

Aschenputtel

Es war einmal ein reicher Mann, der lebte lange Zeit mit seiner Frau vergnügt zusammen. Sie hatten ein einziges Töchterchen. Eines Tages wurde die Frau krank. Und als sie fühlte, daß sie sterben mußte, rief sie ihre Tochter und sagte: „Liebes Kind, ich muß dich verlassen. Doch wenn ich oben im Himmel bin, will ich auf dich herabsehen. Pflanz ein Bäumlein auf mein Grab. Und wenn du dir etwas wünschst, schüttle daran, und du wirst es bekommen. Nur bleib fromm und gut." Darauf starb sie. Das Mädchen weinte und trauerte sehr um die Mutter.

Als der Winter vergangen war, heiratete der Mann wieder. Diese Frau brachte zwei Töchter mit, die stolz, eitel und böse waren. Als die ins Haus kamen, begann für das Mädchen eine schlimme Zeit.

„Fort mit dir in die Küche!" sagte die Stiefmutter. „Wenn du Brot essen willst, mußt du dies erst verdienen. Du wirst jetzt unsere Magd sein." Die Stiefschwestern nahmen ihm die Kleider weg, gaben ihm einen alten Rock und führten es in die Küche.
Dort mußte das arme Mädchen arbeiten. Und wenn es abends müde war, durfte es in kein Bett, sondern mußte sich neben dem Herd in die Asche legen. Weil es deshalb immer schmutzig aussah, nannten es die Stiefschwestern nur noch Aschenputtel.
Als der Vater einmal verreiste, fragte er Aschenputtel und die beiden Stiefschwestern, was er ihnen mitbringen sollte. Aschenputtel antwortete: „Ich wünsche mir nichts als ein Reis von einem Haselnußstrauch. Das will ich auf das Grab der Mutter pflanzen."

Das tat das Mädchen. Und bald wuchs daraus ein wunderschöner Strauch, den Aschenputtel liebevoll pflegte.
Zu Hause aber hatte es nichts zu lachen. Es mußte nicht nur den ganzen Tag schwer arbeiten, sondern es wurde obendrein noch von den Stiefschwestern verspottet. Oder sie schütteten ihm Erbsen und Linsen in die Asche. Die mußte es dann wieder auslesen.
Zu jener Zeit wollte der König einen Ball geben, der drei Tage lang dauern sollte. Und sein Sohn, der Prinz, sollte sich dabei eine Gemahlin aussuchen. Auch die beiden stolzen Schwestern wurden zu dem Ball eingeladen.
„Aschenputtel", riefen sie, „komm herauf, kämm uns die Haare und bürste uns die Schuhe. Wir gehen auf den Ball zum Prinzen." Da mußte Aschenputtel sie herausputzen, so gut es konnte.
Und als sie fertig waren, fragten sie spöttisch: „Aschenputtel, du würdest wohl gern mit auf den Ball gehen?"
„Ach ja, aber wie soll ich hingehen, ich habe doch keine Kleider!"
„Nein", sagte die Älteste, „du kannst dich dort nicht sehen lassen. Wir müßten uns ja deiner schämen. Du gehörst in die Küche! Da hast du eine Schüssel Linsen. Wenn wir wiederkommen, müssen sie gelesen sein!" Und mit diesen Worten schüttete sie eine Schüssel Linsen in die Asche. „Gib nur ja gut acht, daß keine schlechte dabei ist!"
Dann gingen die Schwestern fort.
Aschenputtel machte sich traurig daran, die Linsen zu lesen. „Ach, damit habe ich bis Mitternacht zu tun", seufzte es. „Wenn das meine Mutter wüßte!" Es kniete sich vor den Herd in die Asche und wollte anfangen zu lesen.
Da kamen die Tauben aus dem Garten geflogen und setzten sich neben die Linsen auf den Herd. Sie nickten mit den Köpfchen und fragten: „Aschenputtel, sollen wir dir helfen?"

„Ja", antwortete Achenputtel, „die schlechten ins Kröpfchen, die guten ins Töpfchen."
Und pick, pick! pick, pick! fingen die Tauben an und fraßen die schlechten. Schon in einer Viertelstunde waren alle schlechten weggepickt, und Aschenputtel konnte die guten in die Schüssel tun.
Darauf sagten die Tauben: „Aschenputtel, willst du deine Stiefschwestern mit dem Prinzen tanzen sehen, so steig auf den Taubenschlag."
Das tat Aschenputtel, und es sah seine Stiefschwestern und den Prinzen und viele tausend Lichter. Die flimmerten und glänzten im Ballsaal.
Als es sich satt gesehen hatte, stieg es wieder herab, und das Herz war ihm schwer. Es legte sich in die Asche und schlief ein.
Am nächsten Morgen ärgerten sich die zwei Schwestern, daß die Linsen sauber gelesen waren. Gar zu gern hätten sie Aschenputtel geschimpft.
Um es neidisch zu machen, begannen sie, von dem Ball zu erzählen, und beschrieben das Fest mit schönen Worten.
„Ja", sagte Aschenputtel, „ich habe die Lichter flimmern sehen. Es war sicher prächtig." Und es erzählte, daß es vom Taubenschlag aus in den Tanzsaal geschaut hatte.
Als die älteste Stiefschwester das hörte, ließ sie den Taubenschlag sofort abreißen.
„In Zukunft bleibst du bei deiner Arbeit in der Küche!" schrie sie zornig.
Am Abend mußte Aschenputtel sie wieder kämmen und herausputzen. Zum Lohn erhielt es einen Sack Wicken, den sollte es bis zum Morgen gelesen haben.
Wieder kamen die Tauben aus dem Garten geflogen und setzten sich neben die Wicken auf den Herd.

NS

Sie nickten mit den Köpfchen und fragten freundlich: „Aschenputtel, sollen wir dir helfen?"
„Ja", sagte Aschenputtel, „die schlechten ins Kröpfchen, die guten ins Töpfchen."
Im Nu waren die Wicken gelesen.
Die Tauben sagten: „Aschenputtel, wenn du auch auf den Ball willst, so lauf zum Grab deiner Mutter! Schüttle das Bäumchen und wünsch dir schöne Kleider. Komm aber vor Mitternacht wieder."
Da ging Aschenputtel, schüttelte das Bäumchen und sprach: „Bäumchen, rüttel dich und schüttel dich, wirf schöne Kleider herab für mich!"
Kaum hatte es das gesagt, so lagen ein prächtiges silbernes Kleid, wunderbare Schuhe und Schmuck vor ihm. Aschenputtel nahm alles mit nach Hause.
Und als es sich gewaschen und angekleidet hatte, war es schön wie eine Rose, die der Tau gewaschen hat.
Vor der Haustür stand ein Wagen mit sechs federgeschmückten Rappen. Und Diener, in Blau und Silber gekleidet, waren dabei. Sie hoben Aschenputtel in den Wagen, und so ging es im Galopp zum Schloß des Königs.
Der Prinz sah den Wagen vor dem Tor halten und dachte, eine fremde Prinzessin käme angefahren.
Da ging er selbst die Treppe hinab, hob Aschenputtel aus dem Wagen und führte es in den Saal.
Alle waren erstaunt über die Schönheit des Mädchens, und die Stiefschwestern erkannten es nicht. Der Prinz aber tanzte nur noch mit Aschenputtel und dachte bei sich: „Ich soll mir eine Braut aussuchen. Nun, da weiß ich mir keine bessere als diese."
Aschenputtel, das so lange traurig gewesen war, lebte den Abend in Pracht und Freude.

NS

Als es aber auf Mitternacht zuging, verabschiedete es sich von dem Prinzen. Vor dem Schloß wartete bereits der Wagen, und Aschenputtel fuhr davon.
Es ging zum Bäumchen auf dem Grab der Mutter und sprach: „Bäumchen, rüttel dich und schüttel dich, nimm die Kleider wieder für dich!"
Da nahm der Baum die Kleider wieder, und Aschenputtel hatte sein altes Aschenkleid an.

Es ging nach Hause, machte sich das Gesicht staubig und legte sich in die Asche schlafen.

Am nächsten Morgen kamen die Schwestern. Sie sahen verdrießlich aus und schwiegen. Aschenputtel fragte: „Ihr habt wohl gestern abend viel Freude gehabt?"

„Nein, es war eine fremde Prinzessin da. Mit der hat der Prinz fast immer getanzt."

„Ist es vielleicht die gewesen, die in einem prächtigen Wagen mit sechs Rappen gefahren ist?" fragte Aschenputtel. „Ich stand in der Haustür und sah sie vorbeifahren."
„Bleib in Zukunft bei deiner Arbeit", sagte die älteste Schwester.
Am Abend mußte Aschenputtel die Stiefschwestern zum dritten Mal herausputzen. Und diesmal gaben sie ihm zum Lohn eine Schüssel mit Erbsen, die sollte es lesen. Wieder kamen die Tauben und fragten: „Aschenputtel, sollen wir die Erbsen lesen?"
„Ja", sagte Aschenputtel, „die schlechten ins Kröpfchen, die guten ins Töpfchen." Bald war die Arbeit getan, und die Tauben sagten: „Aschenputtel, schüttle das Bäumchen, damit es dir schöne Kleider herunterwirft, und dann geh auf den Ball. Aber achte darauf, daß du vor Mitternacht wieder zurück bist."
Aschenputtel ging zum Grab der Mutter und rief: „Bäumchen, rüttel dich und schüttel dich, wirf schöne Kleider herab für mich!"
Da fiel ein noch prächtigeres, goldenes Kleid herab. Und als Aschenputtel es angezogen hatte, glänzte es wie die Sonne am Mittag. Eine Kutsche mit sechs Schimmeln erwartete es vor dem Haus und brachte es zum Schloß.
Der Prinz empfing Aschenputtel auf der Treppe und führte es in den Saal. Wieder waren alle erstaunt über seine Schönheit, und die Stiefschwestern wurden blaß vor Neid. Den ganzen Abend tanzte Aschenputtel ausgelassen mit dem Prinzen, bis es plötzlich die Glokke schlagen hörte. Da dachte es an die Worte der Tauben, eilte hinaus und lief die Treppe hinunter. Der Prinz aber hatte die Treppe mit Pech bestrichen, damit die fremde Prinzessin nicht so schnell davonlaufen könnte. Und einer von Aschenputtels goldenen Schuhen blieb daran hängen. Der Prinz fand ihn, doch Aschenputtel war längst fortgeeilt. Mit dem Mitternachtsschlag der Glocke hatte es in seinen Aschenkleidern dagestanden.

Auch Kutsche und Pferde waren verschwunden. Da war es nach Hause gelaufen und hatte sich in die Asche gelegt.

Der Prinz ließ schon am nächsten Tag im ganzen Land bekanntgeben, daß diejenige seine Gemahlin werden sollte, der dieser Schuh paßte. Doch allen war er zu klein.

Endlich kam der Prinz auch zum Haus von Aschenputtels Vater. Die zwei Schwestern freuten sich, denn sie hatten schöne, kleine Füße. Sie glaubten, der Schuh werde ihnen sicher passen. Zuerst ging die älteste in ihre Kammer und probierte den Schuh. Weil aber die Ferse nicht hineinpaßte, hieb sie mit dem Messer ein Stück davon ab und zwängte den Fuß dann in den Schuh. Der Prinz glaubte, sie sei seine Braut, hob sie aufs Pferd und ritt mit ihr fort. Als sie am Tor vorbeikamen, saßen oben die Tauben und riefen: „Ruckedigu, Blut ist im Schuh! Der Schuh ist zu klein, die rechte Braut sitzt noch daheim." Da sah der Prinz, daß Blut aus dem Schuh quoll, und brachte die falsche Braut wieder nach Hause. — Nun probierte die zweite Schwester den Schuh. Weil er ihr zu klein war, hieb sie ein Stück von den Zehen ab und zwängte den Fuß dann hinein. Der Prinz glaubte, nun hätte er die rechte Braut, und ritt mit ihr davon. Am Tor aber riefen die Tauben abermals: „Rukkedigu, Blut ist im Schuh! Der Schuh ist zu klein, die rechte Braut sitzt noch daheim."

Da merkte der Prinz, daß er wieder betrogen worden war, und brachte auch die zweite Schwester nach Hause. „Habt Ihr noch eine Tochter?“ fragte er. „Nur noch ein garstiges Aschenputtel“, antwortete die Mutter.

Aber der Prinz verlangte, daß auch Aschenputtel den Schuh probierte, und es wurde gerufen. Schnell wusch es sich Gesicht und Hände, trat vor den Prinzen und verneigte sich. Es zog den schweren Pantoffel aus und steckte den Fuß in den Schuh. Er paßte wie angegossen!

Als es aufsah, blickte der Prinz es aufmerksam an und erkannte seine schöne Tänzerin. „Das ist die rechte Braut!“ rief er. Er hob Aschenputtel aufs Pferd. Und als sie am Haselnußstrauch vorbeiritten, riefen die Tauben: „Ruckedigu, kein Blut ist im Schuh! Der Schuh ist nicht zu klein, die rechte Braut, die führt er heim!“

Der Wolf und die sieben jungen Geißlein

Es war einmal eine Geiß, die hatte sieben Junge, die sie sehr liebte und sorgfältig vor dem Wolf hütete.
Eines Tages mußte sie ausgehen, um Futter zu holen. Sie rief alle Geißlein zusammen und sagte:
„Liebe Kinder, ich muß ausgehen und Futter holen. Seid auf der Hut vor dem Wolf und laßt ihn nicht herein. Paßt gut auf! Der Bösewicht verstellt sich oft, aber an seiner rauhen Stimme und an seinen schwarzen Pfoten könnt ihr ihn erkennen. Laßt ihn nur ja nicht ins Haus, sonst frißt er euch alle miteinander."
Darauf ging sie fort.

Der Wolf aber hatte in der Nähe des Hauses auf der Lauer gelegen. Kaum war die Geiß im Wald verschwunden, kam er an die Haustür.

Er klopfte und rief: „Liebe Kinder, macht mir auf! Ich bin eure Mutter und habe euch schöne Sachen mitgebracht."
Die sieben Geißlein aber sprachen:
„Nein, unsre Mutter bist du nicht! Die hat eine feine Stimme! Deine Stimme aber ist rauh! Du bist der böse Wolf! Wir machen dir nicht auf!"
Der Wolf ging sofort zu einem Krämer und kaufte sich ein großes Stück Kreide. Die aß er und machte damit seine Stimme fein.
Danach ging er wieder zu den sieben Geißlein, klopfte an die Haustür und rief:
„Liebe Kinder, laßt mich ein! Ich bin eure Mutter, und ich habe jedem etwas mitgebracht."
Der Wolf hatte aber seine Pfote in das Fenster gelegt.
Die sieben Geißlein sahen sie und riefen:
„Nein, unsre Mutter bist du nicht! Die hat keinen schwarzen Fuß wie du. Du bist der Wolf. Wir machen dir nicht auf!"
Der Wolf ging sofort zu einem Bäcker und sprach:
„Bäcker, bestreich mir meine Pfote mit frischem Teig!"
Voller Angst tat es der Bäcker.
Dann ging der Wolf zum Müller und befahl:
„Müller, streu mir feines weißes Mehl auf meine Pfote!"
Der Müller ahnte sogleich, daß der Wolf nichts Gutes im Sinne hatte, und weigerte sich.
Da drohte der Wolf: „Wenn du es nicht tust, fresse ich dich."
Der Müller bekam es mit der Angst zu tun und bangte um sein Leben. Darum tat er, was der Wolf von ihm verlangte.
Nun ging der Bösewicht zum dritten Mal zum Geißenhaus. Er klopfte wieder an die Haustür und rief:
„Liebe Kinder, laßt mich ein, ich bin eure Mutter und habe jedem etwas mitgebracht!"

Die sieben Geißlein riefen:
„Zeig uns erst deine Pfote, damit wir wissen, daß du unsere liebe Mutter bist!"
Da legte der Wolf seine Pfote ins Fenster, und die Geißlein sahen, daß sie schneeweiß war.
Und weil der Wolf mit so feiner Stimme zu ihnen sprach, glaubten sie, es wäre wirklich ihre Mutter.

Sie öffneten die Tür. Wer aber herein stürzte, das war der Wolf. Ach, wie erschraken die sieben Geißlein, als sie ihn erkannten! In großer Angst stoben sie auseinander und versteckten sich, so gut es ging.

Das erste sprang unter den Tisch,
das zweite ins Bett,
das dritte in den Ofen,
das vierte unter den Teppich,
das fünfte in die Truhe,
das sechste unter die große Waschschüssel,
das siebente in die Wanduhr.

Aber der Wolf fand sie alle und verschlang sie. Nur das jüngste Geißlein im Uhrenkasten, das blieb am Leben.

Als der Wolf seine Freßgier gestillt hatte, verließ er das Geißenhaus und legte sich draußen auf der grünen Wiese unter einen Baum. Er schlief sofort ein. Bald darauf kam die Geiß nach Hause. Ach, wie entsetzt und erschrocken war sie, als sie sah, daß die Haustür sperrangelweit offenstand! Im Haus waren Tisch, Stühle und Bänke umgeworfen, die große Schüssel lag in Scherben, das Bettzeug war aus dem Bett gezogen. Was für ein Jammer! Sicher hatte der Wolf ihre Kinder gefressen.

Die Geißenmutter rief eines nach dem anderen beim Namen, doch keines antwortete ihr. Endlich, als sie nach dem jüngsten rief, sagte eine klägliche Stimme:
„Liebe Mutter, ich stecke im Uhrenkasten!"
Da öffnete die Geiß die Wanduhr und holte das Kleine heraus. Und es erzählte ihr, wie es zu dem Unglück gekommen war.
Es berichtete, wie listig sich der böse Wolf verstellt hatte. Und daß er sogar seine Pfote gefärbt hatte! „Darum haben wir ihm schließlich die Tür geöffnet!" sagte das Geißlein. „Alle anderen hat er gefunden und hat sie mit Haut und Haaren verschlungen."
Da weinte und jammerte die Geiß. Und in ihrem Kummer lief sie hinaus ins Freie. Das jüngste Geißlein folgte ihr.
Als sie auf die Wiese kamen, so lag dort der Wolf unter einem Baum.

Er schlief und schnarchte dabei, daß die Äste zitterten.
Da ging die alte Geiß vorsichtig näher und betrachtete ihn.
Sie sah, daß sich in seinem dicken Bauch etwas regte und zappelte.
„Ach", dachte sie, „sollten meine armen Kinder, die er zum Mittagessen hinuntergewürgt hat, vielleicht noch am Leben sein?"
„Rasch, mein Kind, lauf nach Hause und hol Schere, Nadel und Zwirn", sagte sie zu dem jüngsten Geißlein. „Wir wollen versuchen, deine Geschwister zu retten."
Als das Geißlein zurückkam, griff die alte Geiß beherzt zur Schere und schnitt dem Bösewicht geschwind den Bauch auf.
Kaum hatte sie den ersten Schnitt getan, so streckte auch schon ein Geißlein seinen Kopf heraus.
Und als sie weiterschnitt, sprangen nacheinander alle sechs Geißlein heraus. Sie waren alle noch am Leben und waren sogar unversehrt geblieben, denn der Wolf hatte sie in seiner Gier ganz hinuntergeschluckt.
War das eine Freude! Sie umarmten ihre Mutter und hüpften übermütig um sie herum.
Da sagte die alte Geiß: „Jetzt lauft und holt große, schwere Wackersteine! Damit wollen wir dem Wolf den Bauch füllen, solange er noch schläft."
Die Geißlein schleppten Steine herbei, so schnell sie nur konnten, und steckten sie dem Wolf in den Bauch. Dann nähte die Geiß ihn in aller Eile zu und versteckte sich mit ihren Kindern in der Nähe hinter einer Hecke.
Als der Wolf schließlich ausgeschlafen hatte, erhob er sich schwerfällig. Und weil er großen Durst hatte, wollte er zum Brunnen laufen und Wasser trinken.
Aber schon bei den ersten Schritten stießen die Steine in seinem Bauch aneinander und polterten.

Da rief er: „Was rumpelt und pumpelt in meinem Bauch herum? Ich meinte, es wären sechs Geißlein. Nun hört sich's an wie lauter Wakkerstein'!"
Nur langsam schleppte sich der Wolf zum Brunnen. Als er sich aber über den Rand beugte, um zu trinken, zogen ihn die schweren Steine kopfüber in den Brunnen, und er mußte jämmerlich ertrinken.
Als die sieben Geißlein das sahen, kamen sie herbeigelaufen und tanzten mit ihrer Mutter vor Freude um den Brunnen. Und dabei sangen sie: „Der Wolf ist tot! Der Wolf ist tot!"

Dornröschen

Ein König und eine Königin bekamen kein Kind, und sie hätten doch so gern eins gehabt. Als die Königin einmal im Bade saß, kam ein Krebs aus dem Wasser ans Land und sprach: „Dein Wunsch wird bald erfüllt werden, du wirst eine Tochter zur Welt bringen.“ Was er sagte, traf ein. Der König war so froh über die Geburt der Prinzessin, daß er ein großes Fest gab. Er lud dazu auch die weisen Frauen ein, die in seinem Lande lebten. Doch weil es dreizehn waren und er nur zwölf goldene Teller hatte, konnte er eine nicht einladen.

Die weisen Frauen kamen zu dem Fest. Und als es zu Ende ging, beschenkten sie das Kind mit ihren Wundergaben. Die eine schenkte ihm Tugend, die andere Schönheit, und so bekam es alles, was es auf dieser Welt nur zu wünschen gibt. Als aber die elfte gerade ihre Gabe genannt hatte, trat die dreizehnte herein.

Sie war sehr zornig und wollte sich dafür rächen, daß sie nicht zum Fest eingeladen worden war.
Ohne jemanden zu grüßen oder auch nur anzusehen, trat sie an die Wiege und rief mit lauter Stimme: „Die Königstochter soll sich in ihrem fünfzehnten Lebensjahr an einer Spindel stechen und tot umfallen!"

Und ohne ein weiteres Wort verließ sie den Festsaal.
Der König, die Königin und alle Gäste waren sehr erschrocken.
Da trat die zwölfte weise Frau hervor, die ihren Wunsch noch übrig hatte.
Sie konnte zwar die Verwünschung nicht aufheben, doch sie konnte sie mildern.
Darum sagte sie: „Es soll aber kein Tod sein, sondern nur ein hundertjähriger Schlaf, in den die Königstochter fällt."
Der König wollte sein geliebtes Kind vor dem Unglück bewahren und ließ sofort den Befehl ergehen, daß alle Spindeln im ganzen Land eingesammelt und verbrannt werden sollten.
Die Königstochter aber wuchs heran, und mit der Zeit gingen die Wünsche der weisen Frauen alle in Erfüllung:
Sie wurde schön, sittsam, freundlich und klug, und jedermann hatte sie lieb.
Eines Tages, als sie gerade fünfzehn Jahre alt wurde, waren der König und die Königin am Morgen ausgegangen, und sie blieb ohne Aufsicht ganz allein zu Hause.
Da ging sie neugierig im Schloß umher. Sie schaute in Kammern und Stuben, die sie noch nie gesehen hatte.
Und schließlich gelangte sie auch zu einem alten Turm.
Sie stieg neugierig die enge Wendeltreppe hinauf und stand zuletzt vor einer kleinen Tür.
Im Schloß steckte ein verrosteter Schlüssel.
Als die Königstochter ihn umdrehte, sprang die Tür auf.
In der kleinen Stube saß eine alte Frau an einem Spinnrad und spann emsig Flachs.
„Guten Tag, Mütterchen", sagte das Mädchen. „Was machst du da?"
„Ich spinne", antwortete die Alte.

„Und was ist das für ein lustig Ding, das da so herumspringt?" fragte das Mädchen weiter und wollte auch spinnen.
Kaum aber hatte es die Spindel berührt, gingen die Zaubersprüche der beiden letzten weisen Frauen in Erfüllung:
Es stach sich in den Finger, sank auf das Bett nieder, das in dem Stübchen stand, und fiel in einen tiefen Schlaf.

Der Schlaf breitete sich über das ganze Schloß aus.
Der König und die Königin, die eben heimgekommen waren, schliefen ein und mit ihnen der ganze Hofstaat.
Da schliefen auch die Pferde in den Ställen, die Tauben auf dem Dach, die Jagdhunde im Hof, die Fliegen an den Wänden, ja, sogar das Feuer, das im Herd flackerte, verlosch.

Der Braten hörte auf zu brutzeln, und der Koch ließ den Küchenjungen los, den er gerade an den Haaren ziehen wollte, und schlief ein.

Die Magd ließ das Huhn fallen, das sie rupfte.

Der Wind legte sich, und kein Lüftchen regte sich mehr in den Bäumen.

Rings um das Schloß aber begann eine Dornenhecke zu wachsen, hoch und immer höher, bis man endlich fast nichts mehr davon sah.

Im ganzen Land erzählte man sich die Geschichte von dem reizenden Dornröschen, wie man die Königstochter nun nannte.

Von Zeit zu Zeit versuchten Königssöhne, durch die Hecke zu Dornröschen vorzudringen, um es zu befreien.

Aber es gelang ihnen nicht, denn es war, als hätten die Dornen Hände, mit denen sie sich zusammenhielten. Die Königssöhne blieben in den Dornen hängen und kamen jämmerlich um.

Nach vielen langen Jahren erschien wieder einmal ein Königssohn in dem Land.

Ein alter Mann erzählte ihm, daß hinter der Dornenhecke ein Schloß stehe. Eine wunderschöne Königstochter schlafe darin mit dem ganzen Hofstaat. Sein Großvater habe ihm erzählt, daß viele Königssöhne gekommen wären. Sie hätten durch die Hecke zu Dornröschen kommen wollen. Aber sie wären in den Dornen hängengeblieben und gestorben.

„Das soll mich nicht abschrecken“, sagte der Königssohn. „Ich will durch die Hecke dringen und das schöne Dornröschen befreien.“

Nun waren aber gerade hundert Jahre vergangen und der Tag gekommen, an dem Dornröschen wieder erwachen sollte.

Als sich der Königssohn der Dornenhecke näherte, waren es lauter Blumen. Die taten sich vor ihm auseinander, ließen ihn ohne Schaden durch und schlossen sich wieder hinter ihm.

Als der Königssohn ins Schloß kam, sah er im Stall die Pferde und im Hof die Hunde schlafen. Auf dem Dach saßen die Tauben und hatten ihre Köpfchen unter die Flügel gesteckt. Und als er ins Haus kam, schliefen die Fliegen an der Wand, das Feuer in der Küche, der Koch und die Magd. Da ging er weiter und sah den König und den ganzen Hofstaat schlafen. Es war so still, daß er seinen Atem hören konnte.
Endlich kam er zu der kleinen Stube, in der Dornröschen schlief. Da lag es und war so schön, daß er sich zu ihm hinabbeugte und es küßte. Im selben Augenblick wachte es auf. Da erwachten auch der König und die Königin und der ganze Hofstaat.

Die Pferde im Stall standen auf und schüttelten sich. Die Jagdhunde sprangen auf und reckten sich. Die Tauben auf dem Dach zogen die Köpfchen unter den Flügeln hervor, blickten sich um und flogen davon. Die Fliegen an den Wänden flogen weiter, das Feuer in der Küche begann zu brennen und kochte das Essen, und der Braten brutzelte. Der Koch zog den Küchenjungen an den Haaren, und die Magd rupfte ihr Huhn fertig.
Der Königssohn aber hielt um Dornröschens Hand an.
Und bald wurde die Hochzeit in aller Pracht gefeiert. Von da an lebten sie vergnügt bis an ihr Lebensende.

Rumpelstilzchen

Es war einmal ein Müller, der war arm, aber er hatte eine sehr schöne Tochter.

Eines Tages begegnete er dem König und prahlte: „Ich habe eine Tochter, die kann Stroh zu Gold spinnen."

„Das ist eine Kunst, die mir sehr gefällt. Bring deine Tochter morgen in mein Schloß, ich will sie auf die Probe stellen", sagte der König.

Am nächsten Tag wurde die Müllerstochter zum König gebracht, und er führte sie in eine Kammer, die ganz voll Stroh war. Er gab ihr ein Spinnrad und sprach: „Nun mach dich an die Arbeit. Und wenn du bis morgen früh dieses Stroh nicht zu Gold versponnen hast, so mußt du sterben."

Darauf schloß er selbst die Kammer zu.

Da saß nun die arme Müllerstochter und wußte sich keinen Rat.

NS

Schließlich fing sie an zu weinen. Da trat auf einmal ein kleines Männlein herein und sprach: „Guten Tag, Müllerstochter, warum weinst du?"

„Ach", antwortete das Mädchen, „ich soll Stroh zu Gold spinnen und kann es nicht."

„Was gibst du mir, wenn ich's dir spinne?" fragte das Männlein.

„Mein Halsband."

Das Männlein nahm das Halsband, setzte sich vor das Rädchen, und schnurr, schnurr, schnurr, spann es Stroh zu Gold. So arbeitete es die ganze Nacht hindurch.

Als der König bei Sonnenaufgang kam, staunte er über das viele Gold und wollte noch mehr davon haben. Darum ließ er die Müllerstochter in eine andere Kammer führen. Die war viel größer als die erste, und darin lag noch mehr Stroh. Das sollte sie auch zu Gold spinnen.

NS

Wieder weinte das Mädchen. Da kam das Männlein und fragte: „Was gibst du mir, wenn ich's dir wieder spinne?"
„Meinen Ring", antwortete das Mädchen.
Das Männlein nahm ihn und ließ sogleich das Spinnrad surren. Und bis zum Morgen war wiederum alles Stroh zu Gold gesponnen.
Der König freute sich, doch er hatte noch immer nicht genug. Er ließ die Müllerstochter in eine noch größere Kammer voll Stroh sperren. „Wenn du auch dieses Stroh zu Gold spinnst, sollst du meine Gemahlin werden", versprach er.
Als das Mädchen allein war, kam das Männlein zum dritten Mal. Und wieder fragte es: „Was gibst du mir, wenn ich dir auch diesmal das Stroh spinne?"
„Ich habe nichts mehr", antwortete die Müllerstochter.
„So versprich mir das erste Kind, das du mit dem König bekommst."

In ihrer Not versprach es die Müllerstochter.
Der König war zufrieden, als er das viele Gold sah, und nahm die schöne Müllerstochter zur Gemahlin.
Nach einem Jahr bekam die Königin ihr erstes Kind.
Da trat plötzlich das Männlein in ihr Zimmer und sprach: „Nun gib, was du versprochen hast!"
Die Königin erschrak und sagte: „Nimm so viele Schätze, wie du willst, nur laß mir mein Kind!"

NS

Endlich sagte das Männlein: „Behalte deine Schätze. Ich will etwas Lebendiges. Wenn du jedoch in drei Tagen meinen Namen kennst, darfst du dein Kind behalten."

Die Königin schickte einen Boten aus, der sich weit und breit nach Namen erkundigen sollte. Sie selbst sann die ganze Nacht darüber nach, wie das Männlein heißen könnte. Als es am nächsten Tag kam, fing sie an mit Kaspar, Melchior und Balthasar und nannte alle Namen, die sie kannte. Aber bei jedem sagte das Männlein: „Nein, so heiß ich nicht."

Am zweiten Tag ließ sie in der Nachbarschaft nach Namen fragen. Sie nannte dem Männlein so ungewöhnliche Namen wie Rippenbiest oder Hammelswade. Aber immer antwortete es: „Nein, so heiß ich nicht." Am dritten Tag kam der Bote zurückgeritten. Neue Namen hatte er nicht gefunden, dafür aber etwas Merkwürdiges erlebt.

Er erzählte der Königin: „Als ich durch den Wald ritt, sah ich plötzlich ein kleines Haus. Ein Feuer prasselte davor, und um das Feuer sprang ein lächerlich kleines Männlein auf einem Bein und sang dabei fröhlich:

‚Heute back ich, morgen brau ich,
übermorgen hol ich der Königin ihr Kind.
Ach, wie gut, daß niemand weiß,
daß ich Rumpelstilzchen heiß!'"

Die Königin freute sich von ganzem Herzen, als sie das hörte.

Bald darauf trat das Männlein ein und fragte: „Nun, Frau Königin, wie heiße ich?"
„Heißt du Konrad?" fragte die Königin zuerst.
„Nein", lachte das Männlein.
„Heißt du vielleicht Heinrich?"
„Nein", lachte das Männlein wieder und freute sich, daß es nun das Kind mitnehmen konnte.

„Heißt du etwa Rumpelstilzchen?"

„Das hat dir der Teufel gesagt!" schrie das Männlein und stampfte vor Zorn so fest mit dem Fuß auf, daß es in den Fußboden einbrach. Seitdem ist es nie mehr gesehen worden.

Rapunzel

Es waren einmal ein Mann und eine Frau, die wünschten sich schon lange ein Kind, aber vergeblich.
Doch endlich erwartete die Frau eins.
Die Leute hatten in ihrem Hinterhaus ein kleines Fenster. Von dort konnten sie in einen prächtigen Garten sehen, in dem es viele schöne Blumen, Kräuter und Gemüse gab.
Der Garten war mit einer hohen Mauer umgeben, und niemand wagte es hineinzugehen, denn er gehörte einer Zauberin, die sehr mächtig war und gefürchtet wurde.
Eines Tages blickte die Frau von dem Hinterhaus-Fenster in den Garten hinab und entdeckte ein Beet, das mit Rapunzeln bepflanzt war.
„Oh", dachte sie, „die sehen so frisch und grün aus, daß ich die größte Lust hätte, davon zu essen."
Von da an schaute die Frau jeden Tag zu den Rapunzeln hinunter. Und je öfter sie diese betrachtete, um so größer wurde ihr Verlangen danach.
Weil die Frau aber wußte, daß sie keine von den Rapunzeln bekommen konnte, wurde sie mit der Zeit ganz mager, blaß und krank.
Als ihr Mann das bemerkte, erschrak er und fragte: „Was fehlt dir, liebe Frau?"
„Ach", sagte sie, „wenn ich keine Rapunzeln aus dem Garten hinter unserm Haus bekomme, so sterbe ich."
Der Mann hatte seine Frau sehr lieb und wollte nicht, daß sie stirbt.
„Lieber hole ich die Rapunzeln aus dem verbotenen Garten. Koste es, was es wolle", dachte er.
In der Abenddämmerung stieg er also über die hohe Mauer, stach in aller Eile eine Handvoll Rapunzeln und brachte sie seiner Frau.
Sie machte sich sogleich Salat daraus und aß ihn mit Heißhunger auf.

Die Rapunzeln hatten ihr aber so gut geschmeckt, daß sie am nächsten Tag noch dreimal soviel Lust darauf bekam.
Da erkannte der Mann, daß seine Frau keine Ruhe hätte, bevor sie nicht wieder Rapunzeln zu essen bekäme.
Wenn er nicht wollte, daß sie starb, müßte er ein zweites Mal in den verbotenen Garten steigen.
Also machte er sich in der Abenddämmerung wieder auf den Weg über die Mauer.
Er eilte zu dem Beet mit Rapunzeln, bückte sich und wollte gerade eine Handvoll stechen.
Plötzlich sagte hinter ihm eine zornige Stimme: „Was fällt dir ein, meine Rapunzeln zu stehlen!"
Der Mann fuhr erschrocken herum.
Es war die Zauberin.
Ihre Augen blitzten vor Zorn.
„Du weißt genau, daß niemand meinen Garten betreten darf", schrie sie ihn an. „Wie kannst du es wagen, hier einzudringen? Das soll dir schlecht bekommen!"
„Ach", antwortete der Mann, „laßt Gnade vor Recht ergehen. Ihr müßt mir glauben, ich habe mich nur aus Not dazu entschlossen. Meine Frau ist schwanger. Sie hat Eure saftig grünen Rapunzeln aus dem Fenster erblickt und empfindet ein großes Verlangen danach. Sie glaubt, sie muß sterben, wenn ich nicht ein paar Rapunzeln für sie hole."
Als die Zauberin das hörte, ließ ihr Zorn nach.
„Nun, wenn es so ist", sagte sie zu dem Mann, „dann gestatte ich dir, soviel Rapunzeln mitzunehmen, wie du willst. Allerdings nur unter einer Bedingung..."
„Und welche ist das?" fragte der Mann ängstlich.
„Du mußt mir das Kind geben, das deine Frau zur Welt bringen wird.

Es soll ihm gut bei mir gehen, und ich will für es sorgen wie eine Mutter."
Der Mann versprach in seiner großen Angst alles, was die Zauberin verlangte.
Und als die Frau das Kind zur Welt gebracht hatte, kam die Zauberin und nahm es mit. Sie nannte es Rapunzel.

NS

Rapunzel wuchs heran und wurde das schönste Kind unter der Sonne. Als es aber zwölf Jahre alt war, schloß es die Zauberin in einen Turm ein. Der lag im Wald und hatte weder Tür noch Treppe. Nur ganz oben war ein kleines Fenster.
Wenn die Zauberin in den Turm wollte, stellte sie sich unten hin und rief:

„Rapunzel, Rapunzel,
laß mir dein Haar herunter!"

Rapunzel hatte lange prächtige Haare, fein wie gesponnenes Gold. Und wenn sie die Stimme der Zauberin hörte, band sie ihre Zöpfe los und wickelte die Haare um einen Fensterhaken. Dann fielen sie zwanzig Ellen tief hinunter, und die Zauberin stieg daran hinauf.

NS

Einige Jahre waren vergangen. Da kam ein junger Königssohn durch den Wald geritten, in dem der Turm stand.
Er hörte plötzlich einen so lieblichen Gesang, daß er anhielt und zuhörte. Und dann sah er die schöne Rapunzel oben am Fensterchen stehen und verliebte sich sofort in sie.

Der Königssohn wollte zu ihr hinaufsteigen, aber er fand keine Tür und auch keine Leiter am Turm. Da ritt er ganz verzweifelt heim.
Von nun an kam der Königssohn jeden Tag in den Wald und lauschte Rapunzels Gesang. Als er einmal so hinter einem Baum stand, sah er die Zauberin kommen und hörte sie rufen: „Rapunzel, Rapunzel, laß mir dein Haar herunter!"
Da ließ Rapunzel ihre Haare herab, und die Zauberin stieg daran hinauf.
„Das also ist die Leiter", dachte der Königssohn. Er merkte sich die Worte gut. Und am folgenden Tag, als es anfing dunkel zu werden, ging er zum Turm und rief: „Rapunzel, Rapunzel, laß mir dein Haar herunter!" Bald darauf fielen die Haare herab, und er stieg hinauf.

Zuerst erschrak Rapunzel, daß ein Mann zu ihr kam. Doch bald gefiel ihr der junge Königssohn sehr gut. Und sie verabredeten, daß er von nun an jeden Tag kommen solle. So lebten sie lange und in Freuden. Und die Zauberin kam nicht dahinter, bis Rapunzel eines Tages sagte: „Frau Gothel, Ihr seid viel schwerer als der junge Königssohn!"
„Du gottloses Kind!" rief sie. In ihrem Zorn schnitt sie die schönen Haare ab und brachte Rapunzel in eine Einöde. Als der Königssohn am selben Abend kam, ließ die Zauberin Rapunzels Haare hinab. Ach, wie erschrak er, als er plötzlich vor der Zauberin statt vor seiner geliebten Rapunzel stand!

Sie sah ihn mit bösen Blicken an und rief höhnisch: „Aha, du willst deine Liebste holen, aber die ist für dich auf immer verloren." Da war der Königssohn so verzweifelt, daß er sich vom Turm hinabstürzte. Er kam mit dem Leben davon, doch die Dornen, in die er gefallen war, hatten ihm die Augen zerstochen. Da irrte er blind im Wald umher, aß nichts als Gras und Wurzeln und tat nichts als weinen.

Einige Jahre waren vergangen, da geriet der Königssohn in jene Einöde, in der Rapunzel mit ihren Kindern kümmerlich lebte. Rapunzel hatte nämlich, bald nachdem sie von der Zauberin verstoßen worden war, Zwillinge geboren, einen Jungen und ein Mädchen. Auf einmal hörte der Königssohn eine Stimme, die ihm bekannt vorkam. Er ging darauf zu. Da erkannte ihn Rapunzel, fiel ihm um den Hals und weinte. Zwei von ihren Tränen benetzten die Augen des Königssohns. Da wurden sie wieder klar, und er konnte damit sehen wie früher.

Er führte Rapunzel und die Kinder in sein Reich, und dort lebten sie noch lange glücklich miteinander.

Der Froschkönig

Es war einmal eine Königstochter, die ging hinaus in den Wald und setzte sich an einen kühlen Brunnen.
Das liebste Spielzeug der Königstochter war eine goldene Kugel. Die warf sie in die Höhe, fing sie mit den Händen wieder auf und hatte große Freude dabei.
Als sie wieder einmal so spielte, flog die Kugel sehr hoch. Die Königstochter hatte die Hände schon ausgestreckt, um sie aufzufangen.
Doch sie verfehlte die Kugel, und diese fiel ins Wasser.

Erschrocken blickte die Königstochter in den Brunnen. Aber der war so tief, daß sie den Grund nicht sehen konnte. Da fing sie an zu weinen.
„Ach", schluchzte sie, „wenn ich doch meine Kugel wiederhätte! Ich würde alles dafür hergeben, meine Kleider, meine Edelsteine, meine Perlen, alles, was ich habe!"
Als sie so klagte, streckte ein Frosch seinen Kopf aus dem Wasser und sprach: „Königstochter, was jammerst du so?"
„Ach", sagte sie, „du garstiger Frosch, was kannst du mir schon helfen! Meine goldene Kugel ist mir in den Brunnen gefallen!"
Da sagte der Frosch: „Deine Perlen, deine Edelsteine und deine Kleider will ich nicht. Aber wenn du mich zum Gefährten nimmst, ich bei Tisch neben dir sitzen und von deinem goldenen Tellerlein essen darf, wenn ich in deinem Bettchen schlafen kann und du mich liebhaben willst, dann will ich dir deine Kugel wiederbringen."
Die Königstochter dachte: „Was schwätzt der einfältige Frosch? Der muß doch in seinem Wasser bleiben. Vielleicht aber kann er wirklich meine Kugel holen."
Darum sagte sie schnell ja.
„Ich verspreche dir, was du verlangt hast", erklärte sie dem Frosch, „aber bring mir zuerst meine Kugel zurück."
Der Frosch steckte den Kopf ins Wasser und tauchte in den Brunnen hinab.
Es dauerte nicht lange, da kam er wieder herauf.
Die Kugel brachte er mit und warf sie an Land.
Die Königstochter lief geschwind hin und hob sie auf.
Wie froh war sie, das geliebte Spielzeug wiederzuhaben!
Und vor lauter Freude dachte sie überhaupt nicht mehr an ihr Versprechen.
Sie eilte glücklich mit ihrer Kugel nach Hause.

Der Frosch rief ihr nach: „Königstochter, warte! Nimm mich mit! Du hast es mir versprochen!"
Doch sie achtete gar nicht auf sein Rufen.
Da hüpfte der Frosch die Stufen des Brunnens hinauf und folgte der Königstochter.
„Halt an! So warte doch!" rief er immer wieder.
Sie drehte sich wohl einmal um, aber sie blieb nicht stehen, sondern eilte weiter.

Am anderen Tag saß die Königstochter bei Tisch. Da hörte sie etwas die Treppe heraufkommen.
Plitsch, platsch! Plitsch, platsch!
Bald darauf klopfte es an der Tür, und jemand rief:
„Königstochter, jüngste, mach mir auf!"
Sie lief hin, und als sie die Tür öffnete, saß der Frosch davor. Sie erschrak, warf die Tür hastig zu und setzte sich wieder an den Tisch. Der König aber sah ihr an, daß sie vor Angst Herzklopfen hatte, und fragte: „Wovor fürchtest du dich?"

NS

„Draußen ist ein garstiger Frosch", sagte sie, „der hat mir gestern meine goldene Kugel aus dem Brunnen geholt. Ich versprach ihm, er dürfe dafür mein Gefährte werden. Doch ich hatte nicht geglaubt, daß er aus dem Wasser herauskönne. Und nun ist er draußen vor der Tür und will herein."
In diesem Augenblick klopfte der Frosch zum zweiten Mal und rief laut und deutlich:

„Königstochter, jüngste,
mach mir auf!
Weißt du nicht, was gestern
du zu mir gesagt
bei dem kühlen Brunnenwasser?
Königstochter, jüngste,
mach mir auf!"

Da sagte der König: „Was du versprochen hast, mußt du halten. Geh und mach dem Frosch die Tür auf."
Sie gehorchte, und der Frosch hüpfte herein und folgte ihr auf dem Fuße bis zu ihrem Stuhl.
Als sie wieder am Tisch saß, rief er: „Heb mich hinauf zu dir und setze mich neben dich."
Die Königstochter wollte nicht, doch der König befahl es ihr.
Als nun der Frosch oben war, sprach er: „Nun schieb mir dein goldenes Tellerlein näher, ich will mit dir davon essen."
Auch das mußte sie tun.
Als sich der Frosch satt gegessen hatte, sagte er: „Jetzt bin ich sehr müde und will schlafen. Bring mich hinauf in dein Kämmerlein und mach mir dein Bettlein zurecht. Wir wollen uns zusammen hineinlegen."

Die Königstochter erschrak, als sie das hörte. Sie fürchtete sich vor dem kalten Frosch und getraute sich kaum, ihn anzurühren.
Und nun sollte er bei ihr im Bett liegen!
Sie fing bitterlich an zu weinen und wollte es durchaus nicht dulden.
Da wurde der König zornig und befahl ihr zu tun, was sie versprochen hatte.
Es half nichts, sie mußte dem Vater gehorchen, und wenn sie im Herzen auch noch so zornig darüber war.
Sie packte den Frosch mit zwei Fingern, trug ihn hinauf in ihre Kammer und setzte ihn in eine Ecke.
Dann legte sie sich in ihr Bett.

Bald darauf kam der Frosch angehüpft und sprach: „Ich bin müde, ich will schlafen so wie du. Heb mich hinauf, sonst sag ich's deinem Vater."
Da wurde die Königstochter sehr zornig. Sie packte den Frosch. Doch statt ihn neben sich ins Bett zu legen, schleuderte sie ihn mit aller Kraft an die Wand und sagte dabei: „Nun wirst du mich in Ruhe lassen, garstiger Frosch!"
Doch der Frosch fiel nicht tot herab, wie sie gedacht hatte. Vielmehr stand plötzlich ein schöner junger Königssohn vor ihr.

Er erzählte ihr, daß er von einer bösen Hexe verzaubert worden war. Und nun hätte sie ihn von dem Zauber erlöst.
Der Königstochter fiel es nicht länger schwer, ihr Versprechen zu halten. Der Königssohn wurde ihr lieber Gefährte und Gemahl.
Am nächsten Tag kam eine prächtige Kutsche, die war mit acht Pferden bespannt.
Mit ihr kam der Diener des Königssohns, der treue Heinrich. Der war über die Verwandlung seines Herrn so unglücklich gewesen, daß er sich drei eiserne Bande hatte ums Herz legen lassen, damit es nicht vor Traurigkeit zerspränge.
Nun kam er, um seinen Herrn in dessen Reich zurückzuholen.
Da stieg die Königstochter in die Kutsche, der Königssohn setzte sich zu ihr, und der treue Heinrich stellte sich hinten auf.
Als sie ein Stück des Weges gefahren waren, hörte der Königssohn hinter sich ein lautes Krachen.

Er erschrak, drehte sich um und rief:

„Heinrich, der Wagen bricht!"

„Nein, Herr, der Wagen nicht!
Es ist ein Band von meinem Herzen,
das da lag in großen Schmerzen,
als Ihr in dem Brunnen saßt,
damals, als ein Frosch Ihr wart!"

Noch zweimal hörte es der Königssohn krachen, und jedesmal meinte er, der Wagen bräche.
Aber es waren nur die Bande, die vom Herzen des treuen Heinrich absprangen, weil sein Herr von dem bösen Zauber erlöst und glücklich war.

Hänsel und Gretel

Ein Holzhacker wohnte mit seiner Frau und seinen beiden Kindern, Hänsel und Gretel, am Rande eines großen Waldes.
Sie waren sehr arm und hatten oft nichts zu essen.
Eines Abends konnte der Vater vor lauter Sorgen nicht einschlafen.
„Wie sollen wir nur unsere Kinder ernähren, wo wir doch selbst nichts mehr haben?" fragte er kummervoll.
Da schlug die Frau ihm vor: „Laß uns morgen mit den Kindern tief in den Wald gehen. Wir machen ihnen ein Feuer an, geben jedem noch ein Stückchen Brot und lassen sie dann allein. Sie werden den Weg nach Hause nicht wiederfinden."
Der Mann wollte das nicht, aber die Frau gab keine Ruhe, bis er endlich einwilligte.
Die Kinder hatten jedoch vor Hunger nicht einschlafen können und alles mitangehört.
Gretel fing an, bitterlich zu weinen, doch Hänsel sprach: „Sei still, Gretel, ich will uns helfen."
Er schlüpfte in seine Hose und schlich hinaus.
Vor dem Haus lagen weiße Kieselsteine, die glänzten hell im Mondschein. Hänsel steckte davon so viele in seine Hosentaschen, wie hineinpaßten.
Dann ging er ins Haus zurück, tröstete Gretel und schlief unbesorgt ein.
Am nächsten Morgen in aller Frühe weckte die Frau die beiden Kinder. Sie gab jedem ein Stückchen Brot und sprach: „Da habt ihr etwas für heute mittag."
Gretel nahm das Brot, weil Hänsel ja die Hosentaschen voller Steine hatte.
Dann machten sie sich zusammen auf den Weg.
Als sie ein Weilchen gegangen waren, blieb Hänsel stehen und guckte nach dem Haus zurück. Er tat das wieder und wieder.

Da fragte der Vater: „Hänsel, was guckst du und bleibst zurück?"
„Ach, Vater", antwortete Hänsel, „ich sehe nach meinem weißen Kätzchen, das sitzt oben auf dem Dach und will mir ade sagen."
Die Mutter sprach: „Nein, Hänsel, das ist die Morgensonne, die auf den Schornstein scheint!"
Doch Hänsel hatte nicht nach dem Kätzchen gesehen, sondern immer einen von den blanken Kieseln aus seiner Tasche auf den Weg fallen lassen.
Als sie mitten im Wald angekommen waren, sagte der Vater: „Nun sammelt Holz, ihr Kinder, ich will ein Feuer machen, damit wir nicht frieren."
Hänsel und Gretel trugen Reisig auf der Lichtung zusammen, und der Vater zündete es an.
Bald brannte das Feuer gut, und die Mutter sagte: „Vater und ich gehen jetzt in den Wald und fällen Holz. Wenn wir fertig sind, holen wir euch wieder ab."
Hänsel und Gretel blieben beim Feuer sitzen, und als es Mittag war, aßen beide ihr Stückchen Brot.
Sie warteten bis zum Abend, doch Vater und Mutter kamen nicht, um sie abzuholen.
Als es nun finster wurde, fing Gretel an zu weinen.
Hänsel aber sprach: „Warte nur noch ein Weilchen, bis der Mond scheint, dann werden wir den Weg nach Hause schon finden."
Und als der Mond aufgegangen war, nahm Hänsel seine Schwester an die Hand.
Die Kieselsteine schimmerten wie Silber und zeigten den Kindern den Weg.
Sie gingen die ganze Nacht hindurch, und im Morgengrauen kamen sie bei dem Haus ihrer Eltern an. Die freuten sich trotz ihrer Not, daß sie die Kinder wiederhatten.

Doch nicht lange danach ging es der Familie wieder sehr schlecht. Und eines Abends hörten Hänsel und Gretel, wie die Mutter zum Vater sagte: „Es ist schon wieder alles aufgegessen. Wir haben nur noch einen halben Laib Brot. Die Kinder müssen fort. Diesmal werden wir sie tiefer in den Wald führen, damit sie den Weg nicht noch einmal herausfinden."

Als die Eltern schliefen, stand Hänsel wieder auf und wollte draußen Kieselsteine auflesen. Aber die Tür war verschlossen.

„Wein nicht, Gretel", tröstete er die Schwester, „schlaf nur. Der liebe Gott wird uns schon helfen."

Am nächsten Morgen wurden die Kinder in aller Frühe geweckt. Sie bekamen ihr Stückchen Brot, und dann ging es tief in den Wald. Hänsel ließ heimlich ab und zu eine Brotkrume fallen, damit sie den Weg nach Hause fänden.

„Hänsel, was bleibst du immer stehen und guckst dich um?" fragte der Vater. „Geh weiter!"

„Ach, ich seh nach meinem Täubchen, das sitzt auf dem Dach und will mir ade sagen."

„Du Narr", rief die Mutter. „Das ist dein Täubchen nicht. Das ist die Morgensonne, die auf den Schornstein scheint."

Die Eltern führten die Kinder noch tiefer in den Wald hinein. Sie machten wieder ein Feuer, und die Mutter sagte: „Bleibt ihr nur da, Kinder, wenn ihr müde seid, könnt ihr ein wenig schlafen. Wir gehen in den Wald und hauen Holz. Sobald wir fertig sind, kommen wir und holen euch ab."

Als es Mittag war, teilten sich die Kinder Gretels Brot und schliefen bald darauf ein.

Als sie erwachten, war es finstere Nacht. Doch die Eltern waren noch immer nicht gekommen.

„Warte nur, Gretel", sagte Hänsel, „wenn der Mond aufgeht, sehe ich die Brotkrumen wieder, die ich ausgestreut habe. Die zeigen uns den Weg nach Hause."

Der Mond ging auf, aber sie sahen die Krumen nicht. Die hatten die Vögel aus dem Wald gefunden und aufgepickt.

Als Gretel anfing zu weinen, meinte Hänsel: „Wir werden den Weg schon finden."

Doch sie fanden ihn nicht.

Sie gingen die ganze Nacht und noch einen Tag vom Morgen bis zum Abend, aber sie gerieten immer tiefer in den Wald.

Schließlich waren sie so müde, daß sie nicht mehr laufen konnten. Da legten sie sich unter einen Baum und schliefen ein.

Die Kinder liefen auch noch am dritten Tag, aber sie fanden nicht aus dem Wald heraus.

Sie waren auch sehr hungrig, denn außer ein paar Beeren hatten sie seit Tagen nichts gegessen.

Gegen Mittag kamen sie zu einem Häuschen, das war ganz aus Brot gebaut, und das Dach war mit Lebkuchen gedeckt. Die Fenster waren aus hellem Zucker.

„Wir wollen uns hinsetzen und uns richtig satt essen", schlug Hänsel der Schwester vor.

Er holte für sie einen großen Lebkuchen vom Dach und brach sich selbst einen runden Kuchen von der Mauer ab. Plötzlich hörten die Kinder eine feine Stimme, die aus dem Häuschen rief:

„Knusper, knusper, Knäuschen,
wer knuspert an meinem
Häuschen?"

Hänsel und Gretel wunderten sich sehr. Sie riefen:

„Der Wind, der Wind,
das himmlische Kind!"

und aßen weiter von den Lebkuchen, ohne sich stören zu lassen.
Da ging plötzlich die Tür auf, und eine steinalte Frau kam — auf einen Stock gestützt — herausgeschlurft.
Sie wackelte mit dem Kopf und sagte: „Ei, ei, ihr lieben Kinder, wo seid ihr denn her? Kommt doch herein, ihr sollt es bei mir gut haben."
Und sie nahm die beiden an der Hand und führte sie in ihr Häuschen.
Sie gab den Kindern ein gutes Essen und machte ihnen zwei Betten zurecht.
Da legten sich Hänsel und Gretel schlafen und fühlten sich wohl und geborgen.
Die alte Frau war aber eine böse Hexe und hatte sich nur so freundlich gestellt.
In Wirklichkeit wollte sie die beiden auffressen.
Gleich am nächsten Morgen, als die Kinder noch schliefen, kam sie, packte Hänsel mit ihrer dürren Hand und sperrte ihn in einen kleinen Stall.
Er mochte schreien, wie er wollte, es half ihm nichts.
Dann schüttelte sie Gretel und rief: „He, du Faulenzerin, steh auf, geh in die Küche und koch etwas Gutes zu essen!"
Gretel fuhr aus dem Schlaf hoch. „Wo ist Hänsel?" rief sie ängstlich.
„Deinen Bruder habe ich in einen Stall gesperrt. Den will ich erst mästen und dann aufessen."

Gretel erschrak und weinte, aber sie mußte tun, was die Hexe verlangte.
Jeden Tag bekam Hänsel das beste Essen, Gretel aber mußte von früh bis spät hart arbeiten und erhielt nur die Abfälle.
Die Hexe trat jeden Morgen vor den Stall und rief: „Hänsel, streck dein Fingerchen heraus, daß ich fühlen kann, ob du schon fett bist!"

Hänsel aber war schlau und streckte der Hexe jedesmal einen kleinen Knochen entgegen. Und weil sie schlecht sah, merkte sie es nicht. Sie wunderte sich allerdings, daß er gar nicht fett werden wollte.
Nach ein paar Wochen rief die Hexe: „Heda, Faulenzerin, hol Wasser! Hänsel mag fett oder mager sein, ich will ihn schlachten und kochen! Erst aber wollen wir backen."
Traurig ging Gretel und holte das Wasser. Und sie dachte bei sich: „Ach, hätten uns doch lieber die wilden Tiere im Wald aufgefressen. So wären wir wenigstens zusammen gestorben!"
Da rief die Alte: „Komm her zum Backofen!" Und als Gretel kam, befahl sie: „Kriech hinein und schau, ob das Brot schon braun und gar ist. Meine Augen sind zu schwach!"
Doch Gretel durchschaute die Hexe und wußte, daß die sie braten und fressen wollte.
„Ich weiß nicht, wie ich's machen soll. Zeig mir doch, wie ich hinein soll."

Und als die Alte schimpfend in den Ofen kroch, gab Gretel ihr einen Stoß, daß sie hineinfiel.
So mußte die böse Hexe elendiglich verbrennen.
Gretel aber lief zu Hänsel, sperrte den Stall auf und rief: „Die Hexe ist tot!"
Da sprang Hänsel heraus, umarmte und küßte seine Schwester, und beide waren von Herzen froh.
Sie gingen in das Hexenhaus hinein. Da standen viele Kästen mit Edelsteinen und Perlen. Sie nahmen davon, soviel sie tragen konnten. Dann machten sie sich auf den Heimweg und fanden ihn sofort. Wie freute sich der Vater, als er seine Kinder wiedersah! Er hatte ihnen lange nachgetrauert. Seine Frau war inzwischen gestorben. Hänsel und Gretel zeigten ihm die Schätze, und von nun an lebten sie sorglos zusammen.

Inhaltsverzeichnis

Seite

Der gestiefelte Kater 6
Rotkäppchen 19
Schneewittchen 33
Aschenputtel 47
Der Wolf und sieben jungen Geißlein 63
Dornröschen 77
Rumpelstilzchen 91
Rapunzel 103
Der Froschkönig 117
Hänsel und Gretel 132